秋月祐一歌集

この巻尺ぜんぶ伸ばしてみようよと深夜の路上に
連れてかれてく

1

気がつけばいつでも川や池のある町をえらんで
住んできたこと

白黒写真《モノクロ》で色えんぴつを撮ってみる赤はなぜだか
赤だとわかる

「錆」といふ漢字の「円」のとこが好き　まだ子
どもだと思つてゐたら

想像とは逆方向にうごきだす電車、乗るたびいつもいつも

視界を右斜めにはしる鉄骨の感じがよくてこの席にする

おたがひの呼び名が決まつてない人とならんで
海南《ハイナン》チキンライスを

はるかなるあの日の弁当泥棒と文通をしてみたい
はつなつ

アルゼンチン音楽が好きといふ少女　きみが見て
ゐる空のたかさよ

ルリカケス、ルリカケスってつぶやいた　すこし
気持ちがあかるくなった

天空橋といふ名の駅よいつかしら降りてみる日は
くるのだらうか

旅先で買った文庫のブックカバー今もつけてる
旅のつづきを

2

踏み抜いた夢のうちそと　ぼくたちはゐるゐるゐ
ないゐないゐるゐない

象の胎児の画像なんかが流れくる深夜のタイム
ラインにひとり

悲歌といふ言葉がうかぶ、おそらくは死者を悼ん
だ女性ヴォーカル

死ののちの死しののめのあめののち藍青《らんじやう》の空はつかに見えて

廃墟・廃港・廃線・廃市・廃病院・廃家・廃井

あぢさゐのはな

燃える・燃やす・ゴッホの書簡・燃えるだらう・
クレーの日記・燃えてしまつた

まばたきが（蛇）多くなる（蛇はまだゐるゐる）

まばたきを（蛇を消す）

こころはれる／こころこはれる　雲間からひかり
こぼれる空を見てゐる

3

湖で泳いできたといふ人がみづうみにふる雨の
はなしを

ボルシチの Щ の発音なほされてゐる初夏のスタバ
のすみで

夕焼けは夏の季語だと知つてから空をよくみる
夏のゆふぐれ

色見本なれた手つきで繰る人にさしだす麦茶まだ
あたたかい

日向夏・花柚・不知火・晩白柚いくつもの酸味《すみ》・

甘味あふれて

夏の葬列もうろうと過ぎうなぎ屋でかじりついて
る肝焼きの肝

桃をもらひ礼状を書くこの夕べいつもより字を
ていねいに書く

富士山のみえる範囲で生きてきた母とふたりで
回転寿司へ

しそジュースかけたかき氷をくづす冷房のない
島の波止場で

杏酒のほのかな渋み　生きるってことは死ぬまで
生きるってこと

昇降機ふいに止まつて、二足歩行ロボットめいた
ぼくらはわらふ

おだやかな暮らしを願ふゆふぐれの夏野をふたり
そつと歩めば

4

巻きとりがちよつと不安な二眼レフ　鏡像でみる
街のうれしさ

庭でぶだうを育ててる家をりをりの成長を楽しませてもらつて

古本のあひだに珈琲チケットがほろ苦ブレンド
どんな味だらう

透明な生き物図鑑をながめつつ何度「負けた」と
おもったことか

「イグアナがオレンジ色になる季節あなたはいか
がお過ごしですか」

青い帽子を年がら年中かぶつてる　実はいくつも
持つてゐるんだ

のこぎりを弾いてみたいと夢見つつその日は来な
いやうな気もして

古道具をあつかふ店に入るのはちよつと気合が
いるね、入るよ

眼鏡屋のディスプレイにも四季はあり毛糸帽子を
かぶるマネキン

電線をあへて入れこみ空を撮る　雨のにほひの
してきた空を

スノードームを作つてゐるといふ人とスペイン
酒場《バル》ですこし話した

夢は折り紙作家であったあのころの自分の背中
押してやりたい

5

コーヒーの花の香りを嗅ぐために飛行機でくる
やうな人です

このまちの暗渠たどつて地図帳を赤く塗つてる
やうな人です

パエリアの味の秘訣はどうしても教へてくれぬ
やうな人です

知恵の輪の職人めざしてゐるんだと目を輝かす
やうな人です

ぬかどこの錆釘つひに見あたらず首かしげてる
やうな人です

ひっこしの荷解きの時ウクレレをまづ探してる
やうな人です

あんまんの湯気肉まんの湯気の差を考察してる
やうな人です

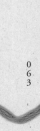

赤ちゃんの歯ブラシづくり一筋で酒もやらない
やうな人です

ゆふぞらの写真ばかりを撮りためて幻燈つくる
やうな人です

6

鳥羽水族館ダイオウグソクムシ「9号たん」の死、
絶食四か月後の

絶食は死因ではなく消化管からはうろこや小骨が
出た、と

深海底で死骸をあさる掃除屋と呼ばれてるけど、
とても少食

「1号や5号が死んだ9号を見たなら餌と思ふのかしら?」

節足動物甲殻亜門等脚目大王具足虫の沈黙

これは王蟲だ　誰もがおもふその姿しろい甲羅が
海底をゆく

ダンゴムシ、フナムシ、ダイワウグソクムシ、
無数の脚がわしやわしやするの

体長五十センチ、体重一キロ超、抱きしめられる
ほどの軀体の

食べられる、のだそうであるロブスターみたいな
味と報告もあり

ダイワウグソクムシ等身大ぬひぐるみ、発売直後
完売につき

7

がんがたんがたがたがたん彼方《をち》此方《こち》にぶつかり

ながら筒井康隆

加古隆聴けば思ほゆ湯豆腐のぐらつときたら食べ頃ですよ

大江千里のたそがれ声よ踏切でぎゆつと握られ
握りかへす手

月のうらがはすつと見とほす眼力のさえざえとして倉橋由美子

みづのおとがかすかに聞こえ　存在のふるへの
ごとく古井由吉

0と1との無限の振幅のなかではにかんでゐる

天野天街

あがた森魚が遠吠えしてる夜だから瞬くんだね
星もあなたも

8

あなたとの日々は衛星5個、6個浮いてる星の
お月見みたい

おねいちゃん、ぼく知ってるよ蜘蛛の巣にポップコーンをぶちまけたこと

あなたには恥づかしいとこ見られても構はないん
だ春のおもらし

手のひらの渦のぞきこむ人がゐて添へられた手の
その温かさ

底のないコップはコップと言へるのか　しかし、
あなたはさういふ人だ

でも、ぼくは謝らないぞ　乾電池入りの味噌汁ごくりと飲んで

ごめんごめんジャングルジムにからまつた影ほど
くのに手こずつちやつて

駅前のイオン・西友はしごする父の愛とか売ってないかと

こんなにもやさしい雨にぬれながらぼくもあなたも液体になる

あいにくと前世が朱欒《ざぼん》でいらっしゃる方には向かない治療法です

微乳好きとロリはちがふと言ひ訳をすればする
ほど遠ざかる月

9

始祖鳥を見に行かうよ、と引つぱられ、腕ひつぱ
られ、めざめた朝の

旅人の気分をほんのすこしだけ黄色い電車でゆっくり行かう

焼き豚足《てびちー》なるもの頼むあつあつのかりかりぷるぷるなにこれ旨い

銀天街ぬけたところで待ちあはせ曇天だけど海を
見にゆく

だれもみな無口な顔になつたころ薪にそつと火種
をうつす

本棚の組み立てをするひとりでは難しい箇所いくつかあつて

窓ごしにやもりの指の数かぞへおんなじだよと
おどろいてゐる

ちぷたぷと緩衝材を潰してるちぷたぷ、きみは
おでこ広いな

ロバに乗ったことがないって気がついてすこし
さみしい履歴書を書く

コードネームは「足袋猫」だつた気もするが世界
平和のためにごろにやん

10

バナナジュースを飲む朝《あさ》な朝《さ》なささやかな希望は
胸に今もあるけど

へびの神様まつるおやしろ参道に蟬の穴ぼこぼこ
ぼこ空いて

「うし」「うし」と書かれた習字飾られて天満宮
は静けさのなか

無花果のあるかなきかの味を好みかうして生きて
ゆくんだらうな

維新派は秋の季語でもいいよねと語り合ひつつ
秋の野をゆく

くすぐられるやうな寒さと虚子の言ふうそ寒の日

のひだまりのなか

これはまだ時雨ではなく秋時雨、いつもの駅で
待ち人をする

会ふたびに焚火の前にゐるやうなほどけた顔で
笑つてくれる

一〇〇均で日光写真のキット買ひ冬陽のなかを
意気揚々と

あとがき

『この巻尺ぜんぶ伸ばしてみようよと深夜の路上に連れてかれてく』は、ぼくの第二歌集です。二〇一二年から二〇一七年の作品を中心に構成しました。

短歌を詠むことによって未知の体験をする。
それは架空の出来事なのに、書き切ったと思える歌は、いつしか自分の経験となってしまう。
そんなやり方で作歌をつづけてきました。この本は、ぼくのささやかな旅の記憶です。

本書をつくるに当たって、青磁社の永田淳さん、装幀家の濱崎実幸さん、歌人の笹川諒さんのお世話になりました。ありがとうございます。そして、妻のこうさき初夏に感謝を。

二〇二〇年六月

秋月　祐一

著者略歴

秋月　祐一（あきづき・ゆういち）

1969年、神奈川県生まれ。歌人・俳人。短歌は「未来短歌会」、俳句は元「船団の会」会員。歌集『迷子のカピバラ』（風媒社、2013年）

akizukiyuichi@gmail.com

歌集　この巻尺ぜんぶ伸ばしてみようよと
深夜の路上に連れてかれてく

初版発行日　二〇二〇年八月七日
著　者　秋月祐一
定　価　一八〇〇円
発行者　永田　淳
発行所　青磁社
京都市北区上賀茂豊田町四〇—一（〒六〇三—八〇四五）
電話　〇七五—七〇五—二八三八
振替　〇〇九四〇—二—一二四二二四
http://www3.osk.3web.ne.jp/~seijisya/
装　幀　濱崎実幸
印刷・製本　創栄図書印刷

ISBN978-4-86198-469-3 C0092 ¥1800E